獻給每一個聆聽的人，
也獻給每一個需要被聆聽的人。
J.C.

獻給我很愛聆聽的三個女孩。
R.W.

文/喬瑟夫·科爾賀　圖/蘿蘋·威爾森歐文　譯/黃筱茵
副主編/胡琇雅　企劃/倪瑞廷　美術編輯/蘇怡方
董事長/趙政岷　第五編輯部總監/梁芳春
出版者/時報文化出版企業股份有限公司
108019台北市和平西路三段240號七樓
發行專線/(02) 2306-6842
讀者服務專線/0800-231-705、(02) 2304-7103
讀者服務傳真/(02) 2304-6858
郵撥/1934-4724時報文化出版公司
信箱/10899臺北華江橋郵局第99信箱
統一編號/01405937
時報悅讀網/www.readingtimes.com.tw
法律顧問/理律法律事務所　陳長文律師、李念祖律師
Printed in Taiwan
初版一刷/2020年11月
版權所有 翻印必究（若有破損，請寄回更換）
採環保大豆油墨印製

不再孤單

文/ 喬瑟夫‧科爾賀

圖/ 蘿璸‧威爾森歐文

譯/ 黃筱茵

每次我們在街上遇到人，
阿姨總是說：「她很害羞。」

可是我才不害羞，
只是現在不想講話。

等我想講話的時候啊，
我可以講個不停！
就像我獨自一人時一樣……
講到樹葉都從樹梢掉落，
講到鳥兒都從天空飛下，

講到星星都離開銀河，
我談論黑暗與眼淚，談論寂寞與害怕。
我講了又講，我才不害羞。

當ㄉㄤ我ㄨㄛˇ在ㄗㄞˋ小ㄒㄧㄠˇ組ㄗㄨˇ討ㄊㄠˇ論ㄌㄨㄣˋ的ㄉㄜ時ㄕˊ候ㄏㄡˋ，
老ㄌㄠˇ師ㄕ總ㄗㄨㄥˇ是ㄕˋ說ㄕㄨㄛ：「 她ㄊㄚ很ㄏㄣˇ安ㄢ靜ㄐㄧㄥˋ。」

虎鯨

可是我才不安靜，只是現在不想
發出聲音。

等我想發出聲音的時候啊……

我會大聲喧譁！
就像我獨自一人時一樣……

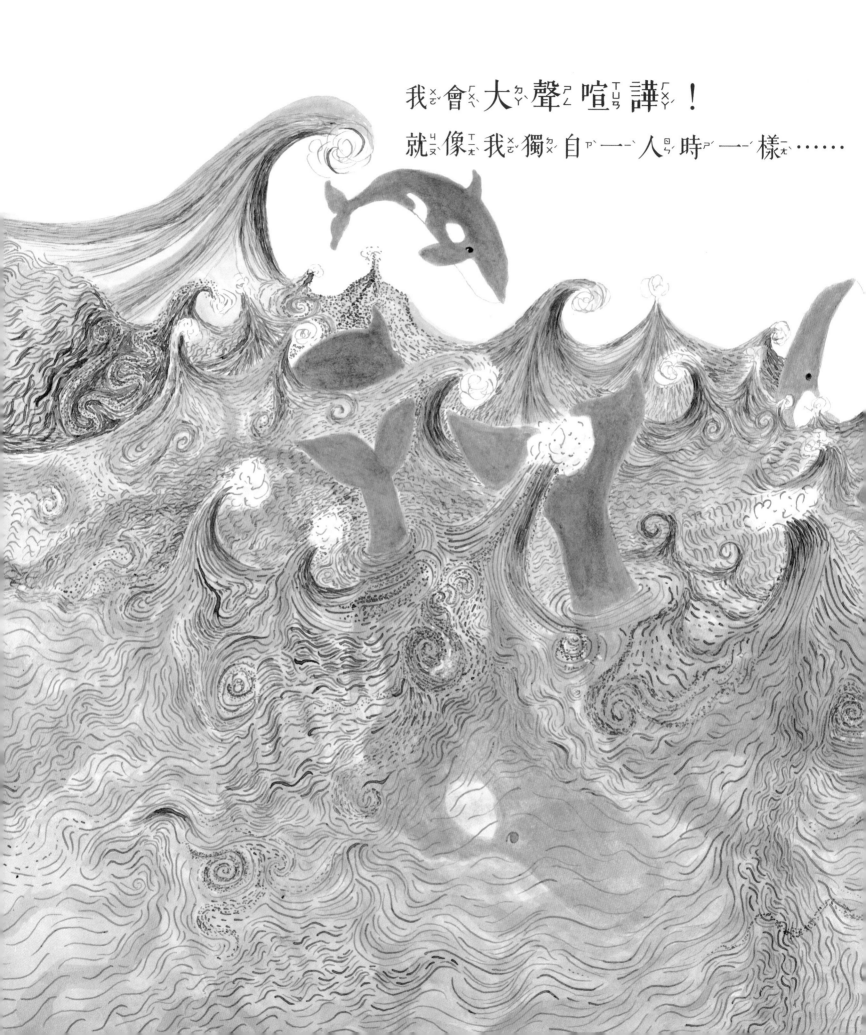

我唱起最深邃的鯨魚之歌。
召喚海洋的怒吼，
指揮踩踏著大海的暴風雨。

我收集啜泣與原本被堵住的哀號。

又是大喊，又是尖叫，
我才不安靜！

和妹妹們一起在公園的時候，奶奶總是說：
「她不喜歡跑來跑去。」

可是我只是現在不想和妹妹們一起跑來跑去。

等我想跑來跑去的時候啊，
我會盡情奔馳，
就像我獨自一人時一樣……

我會淌過峽谷、踩過沼澤，
在戴著白帽子的山巒之間保持平衡，
爬上蒼老的枯樹……

……躲在樓梯底下，
跪在黑暗中，
用朦朧的雙眼望著世界。

爸爸說：「試著當舊的妳，
那個很有衝勁的妳，
快樂的妳，
以前那個妳。」

我告訴他
那是舊的我，
以前的我，
從前從前的我，
還沒有傷心之前的我，
在我們變得孤單之前的我。

我告訴他
我現在感覺
很不像自己，
像是變成另一個人。

我告訴他
所有讓我擔憂的事、
讓我苦惱的事、
讓我感到孤單的事。

他聽我訴說 …… 就像太陽聆聽葉子，
就像海洋聆聽雨滴，
就像星星聆聽星球的滑行。

這一刻，我開始感覺變得不一樣了。

每當我們在街上遇到人，
我問了他們一大堆問題時。

阿姨總是說：「噢，她很愛講話。」

可是我不是很愛講話，
只是現在想要講話，
就像我獨自一人時一樣。

每當我在小組討論叫大家怎麼做的時候，
老師總是說：「她很大聲。」

可是我不是很大聲，
只是現在想要大聲一點，
就像我獨自一人時一樣。

每當我和妹妹們一起在公園的時候，
奶奶總是說：
「她喜歡繞著妳們兩個跑來跑去。」

可是我不是繞著她們跑來跑去……
是和她們一起跑、和她們一起玩，
我們盪的鞦韆比天空中的小鳥還要高，

我們又玩又聊天，
分享彼此的感覺，
分享我們看到的， 和我們想像的。

所以我們不再覺得孤單。